AF403844

LETTRE

DE Mr * * *.

Au sujet d'une Brochure intitulée
VIE DE MOLIERE.

par Voltaire.

NE m'envoyez plus de Livres de Paris, Monsieur, je vous en prie. Je suis toujours la dupe de ce Pays-là en fait de litterature. Parce qu'autrefois l'excellent l'emportoit sur le médiocre, je compte que ce doit toujours être la même chose ; & l'on veut me persuader, qu'à peine trouveroit-on un Auteur à comparer à ceux dont les Ouvrages nous maintiennent dans une admiration , fur laquelle le tems ne peut rien. Choififfez tel genre que vous voudrez , me dit-on ; cela eft égal. J'ai crû détruire cette prévention , en faifant la lecture de la Vie de Moliere, que j'ai reçue dans votre dernier paquet , devant une demi-douzaine de nos beaux Efprits. J'ai commencé par leur dire , qu'on foupçonnoit cet Ouvrage, pour être d'un Auteur univer-fellement célébre : j'ai même lâ-ché tout bas un nom , qui, fe-lon moi , devoit rendre leur at-tention favorable. Mais un grand nom n'a pas affez de force pour émouffer leur févérité. Je vis le moment, qu'on ne me laifferoit point achever. Un quart-d'heu-re de lecture leur avoit caufé pour une femaine d'ennui. L'un difoit, Ce n'eft point-là la Vie de Moliere. L'autre , Ce ne font que des fragmens pris dans une

Vie de Moliere écrite il y a quarante ans par Monfieur de Grimareft. Un troifiéme ajoûtoit , Nous fçavions tout ce que vous venez de lire ; votre Auteur n'a fait que nous priver de ce qui fait l'agrément de ces fortes d'Ouvrages. Celui-ci fe plaignoit de ce que le titre n'eft point rempli. Celui-là murmuroit , parce qu'il n'avoit rien entendu que de fec & de décharné. Un autre demandoit , Pourquoi on ne lui faifoit voir Moliere que comme Auteur & Comédien. Dans Monfieur de Grimareft , difoit-il , nous le trouvons ami folide, homme compatiffant & généreux à l'égard de tout le monde , attentif pour tout ce qui pouvoit contribuer au fuccès de fes entreprifes , fur-tout quand il s'agiffoit de plaire à fon Prince. Les foibleffes & les bonnes qualités de Moliere nous font préfentées avec une égale fincérité. Enfin, fans Monfieur de Grimareſt nous ne connoîtrions point cet homme incomparable dans toutes fes parties.

En vérité , Meſſieurs , vous êtes bien injuſtes , leur ai-je répondu ! L'Auteur vous promet-il autre chofe dans fon préambule, qu'une quinteſſence, débaraſſée de pluſieurs aventures épifodiques , qu'il regarde comme inutiles ? Quelle peine n'en coute-t-il point , pour recoudre ainſi des parties détachées, qui puiſſent compofer un tout agréable ! C'eſt juſtement ce que nous vous nions, que cet agrément, m'a-t-on dit auſſi-tôt,

Tenez-lui compte au moins, repliquai-je , de l'humiliante néceſſité où il s'eſt trouvé de puifer la vérité dans un Ouvrage qu'il décide magiftralement faux & mauvais. Au bout du compte , ne doit-on pas être content, quand on a le néceſſaire ? Moliere étoit Auteur & Acteur : il me ſuffit de trouver un chemin frayé, pour juger de ſes Piéces, & de la façon dont il rempliſſoit ſes rolles. Me donne-t-on la vie d'un Général d'Armée ? j'y cherche des combats, des ſiéges, & rien de plus. Je ne m'embaraſſe ni de la modération du Héros, ni de ſa tempérance, ni de ſa bonne foi.

Qu'un Auteur ſoit fils d'un Notaire, & que ce Notaire ait fait fortune ; que Monſieur de Grimareſt ſoit d'une naiſſance à pouvoir figurer avec les Grands, ſans avoir beſoin de leur indulgence ; cela m'eſt fort indifférent. Il m'importe auſſi peu de ſçavoir combien de fois cet Auteur vend un Ouvrage dans le même tems, & ſi c'eſt au moyen d'une addition de quinze ou de vingt vers, qu'il acquiert le droit d'une feconde édition , un mois ou deux après la premiere. Je ne m'intéreffe pas plus au revenu de fes Piéces fatyriques ; mais je veux connoître fes Ouvrages. Alors je deviens fon Juge. S'il fe préfente à moi comme Hiftorien , il m'eft permis de dire , Ses Mémoires font faux. Traite-t-il des fciences ? Il ne fait que les éfleurer. Donne-t-il une Piéce de Théatre ? Je rends juftice à la beauté de fes vers , au brillant de fes penfées ; je me livre avec plaifir aux fituations intéreffantes ; j'admire un coup de Théatre bien ménagé : mais je me plains de la conduite ; & ce défaut me révolte , quand il paffe fucceffivement d'une Piéce à l'autre , principalement dans un fujet d'imagination , où le Poëte eft maître de fon plan.

La feconde partie de ma pro-

pofition fut reçue à merveille.
En revanche je fus bien hué pour
la premiere. Et il fut établi pour
maxime, que tout homme, dont
le mérite le fait figurer dans le
monde, ne fçauroit être trop in-
timement connu , parce qu'on
mefure les fentimens qu'on croit
lui devoir , felon les qualités de
fon cœur. S'il étoit ignoré de ce
côté là , ajouta-t-on , ou nous
ferions expofés à lui faire injuf-
tice, en lui refufant un tribut
auquel il a droit de prétendre ,
ou nous aurions à craindre de
mal placer notre eftime ou notre
amitié ; car nous ne devons ni
l'une ni l'autre aux talens : on
ne peut exiger de nous, que de
les apprécier fans partialité. L'on
convint auffi, que la fociété de-
vient bien plus fatisfaifante ,
quand le cœur & l'efprit font
de niveau. Mais où trouve-t-on
avec qui fe lier fi agréablement,

A iiij

disoit-on , sur-tout parmi les Auteurs ? Beaucoup de présomption & d'orgueil , pour peu qu'ils ayent eu de succès : Encore plus de jalousie & d'envie contre ceux qui peuvent partager les suffrages ; (des siécles même ne les mettent point à l'abri de la rivalité.) Une médisance aiguë & continuelle à l'égard de ceux dont ils craignent le parallele pour le tems présent : voilà le fond de leur caractere. Par exemple , me dit - on , croyez-vous devoir , à l'envie de vous instruire , l'examen que votre anonyme a fait des Piéces de Moliere ? Il ne vous en auroit pas dit un mot , si , en parlant de l'*Ecole des Maris* , il ne s'étoit crû en droit de censurer Térence ; si , en relisant les *Fâcheux*, une sombre vapeur , dont son cerveau étoit apparemment offusqué , ne l'avoit porté à donner un démenti à *un certain Grimareſt*, ſur la Scéne du Chaſſeur ; démenti, qu'il reprend pour lui-même , en adoptant le ſentiment de ſon Antagoniſte. C'eſt que l'orage commençoit à ſe diſſiper , & la queue en eſt venu tomber ſur le Poëte Deſmaretz. Sçavez-vous bien, me demanda-t on , pourquoi il ne dit pas *un certain Deſmaretz* , comme il dit *un certain Grimareſt* ? C'eſt qu'il ne craint le premier en aucun genre ; & que l'autre, à côté de lui comme Hiſtorien , l'incommoderoit fort : car on ne veut point attribuer une expreſſion ſi mépriſante à une groſſierté, qu'il ne peut avoir contractée avec des perſonnes , qui ſe diſtinguent autant par leur politeſſe, qu'elles ſont reſpectables par leur rang & par leur naiſſance. Il eſt vrai, que la Nature perce quelque fois , ſans qu'on s'en aperçoive : & franchement il eſt difficile d'avoir bonne opinion d'un homme, qui s'aviſe de remuer des cendres de trente ans, pour y verſer un poiſon, qui ne peut avoir aucun prétexte, puiſqu'alors on ignoroit juſqu'à l'exiſtence de votre Anonyme.

Il faut avouer, continua t-on, que le nouvel Hiſtorien, en parlant de *l'impromptu de Verſailles*, fait voir dans Moliere une prudence bien inférieure à la ſienne, puiſqu'il nous apprend, que celui-ci s'engageoit dans des guerres, dont le ſuccès pouvoit être douteux, en attaquant des gens en état de lui faire tête ; au lieu que lui-même ne lance ſes traits les plus vifs que ſur des tombeaux. La probité de Moliére le préſervoit de cette noirceur.

L'Amour Médecin n'auroit pas mérité l'attention du nouvel Auteur, s'il n'avoit eu à égayer cet article par une louange aigre-douce pour les Médecins de ce tems. C'est dommage que ces Messieurs soient si fort au dessus de ses vains efforts.

Plaute n'est pas mieux traité dans l'examen de *l'Avare*, que Térence dans celui de *l'Ecole des Maris*. L'envie de critiquer a dicté cet article, ainsi que tous les autres ; mais la vanité s'est mise de part, pour le terminer par un jugement sur les Poëtes, qui ont traité le même sujet ; ce qui est assez inutile dans la Vie de Moliere. Cela auroit trouvé sa place dans l'Histoire des Théatres.

L'Anonyme a saisi l'occasion de parler du *Bourgeois Gentilhomme*, pour faire parade de Morale sur la folie des hommes ; mais où est le rapport avec la Vie de Moliere ? Nous ne devons

donc , qu'à sa préfomption, ce
qu'il dit de bon dan cet article.

Le ton dogmatique ne con-
vient à votre Héros, qu'autant
qu'il eft affaifonné d'une dofe de
fiel. Les louanges qu'il a voulu
mêler, en faveur de Moliere , à
la critique qu'il réfervoit à Defpreaux , ont tout gâté dans ce
qu'il nous dit au fujet *des Fourberies de Scapin*. Et vous allez
voir que les décifions , où le fang
froid n'a point de part, man-
quent ordinairement de bon
fens. Defpreaux accufe Moliere
d'avoir allié Tabarin avec Térence : on ne voit que Tabarin
dans les Fourberies de Scapin :
donc l'accufation de Defpreaux
eft fauffe. Belle conféquence !
Moliere n'a-t-il compofé que
cette Farce ? N'eft-il pas Auteur
du Mifantrope & de Scapin,
du Tartufe & du Cocu imagi-
naire, des Femmes Sçavantes &

du Mariage forcé ? Il me semble
que ces comparaiſons aménent
aſſez naturellement celle de Térence & de Tabarin. Nous n'en
ſçavons pas plus mauvais gré à
Moliere, ajouta-t-on. Il avoit à
ſatisfaire des Courtiſans , des
Connoiſſeurs, & le Peuple. Il a
toujours réuſſi conformément à
ſon intention. Trouve-t-on cette
ſupériorité de génie dans les Auteurs d'aujourd'hui ? Si nous
voulions même examiner cer-
taine Piéce de l'Anonyme ,(ſup-
poſé que votre conjecture ſoit
vraie) nous y verrions les pla-
titudes les plus inſupportables
avec des traits excellens. L'Auteur l'a ſi bien ſenti , qu'il a
mieux aimé déſavouer cette pro-
duction , que d'eſſuyer ce re-
proche ; mais le Public n'a point
pris le change.

Pſyché peut ſervir de preuve
à l'oſtentation de votre Hiſto-

rien, a-t-on continué, à peu-
près comme le Bourgeois-Gen-
tilhomme ; car il auroit pu se
dispenser de citer les noms de
Mazarin, de *Perrin*, de *Cambert*,
de *Sourdeac*, de *Lully*, de *Qui-
nault*, que nous connoissons aussi bien que lui, & qui n'entrent
pour rien dans la vie de Moliere. Sa dissertation sur les In-
termédes en musique, sur les
danses dans le Spectacle, & sur
ce qui fait l'agrément d'un Opé-
ra, n'y étoit pas p us nécessaire.
Tout son étalage est donc en
pure perte pour lui, étant dé-
placé.

Ennuyé d'une pareille discus-
sion, quelle injustice, me suis-
je écrié ! Pourquoi interprétez-
vous si mal l'intention de l'Auteur ? Prouvez-moi la malice
que vous lui attribuez. Rien de
plus facile, m'a-t-on dit Tant
que l'Anonyme reste dans le rai-

ſonnable & dans le vrai ſur le compte de Moliere, il eſt le ſimple echo de Monſieur de Grimareſt. Ce n'étoit donc pas la peine de nous donner une nouvelle Vie de Moliere, puiſqu'il n'avoit rien à nous apprendre. Nous étions contens de ce que nous avions. Nous y trouvions de la vérité, de la variété, une Chronologie ſuivie des Aventures & des compoſitions de Moliere ; des détails agréablement circonſtanciés. Nous n'en demandions pas davantage. En vertu de quoi l'Anonyme veut-il que nous regardions comme faux ce que Monſieur de Grimareſt nous rapporte des aventures de Moliere ? Eſt-ce parce qu'il le dit ? Il ne s'eſt point encore acquis aſſez de confiance pour donner du poids à ſon témoignage.

Ne voyez - vous pas , répondis-je , que ce témoignage est étayé de celui d'un Prince, d'un Duc, d'un Abbé, ausquels Chapelle n'a jamais rien dit de ces Aventures ? Oui, nous voyons, que ces perfonnes illuftres ne font amenées ici, que par la vanité d'un homme, qui fent bien, qu'il ne fe feroit jamais trouvé en fi bonne compagnie, s'il n'avoit été fecondé par des talens, qui brilloient peut-être moins en lui , que dans les Seigneurs qui ont daigné l'élever jufqu'à eux. D'ailleurs peut-on attefter un fait , dont on n'a point été témoin ? Quand Moliere étoit dans fa Maifon d'Auteuil avec Chapelle & Baron , pouvoit-on deviner ce qui fe paffoit entre eux ? Il a donc fallu, que l'un des trois en ait rendu compte, Chapelle ne trouvoit pas d'avantage à le publier , quand la réflexion venoit à la fuite du rolle

qu'il y avoit joué. Tout le monde
fçait, que Monſieur de Grimareſt & Baron ont été en liaiſon
particuliere pendant pluſieurs
années. En voilà aſſez pour ré-
primer le ton affirmatif de l'A-
nonyme.

Vous ne penſez pas, dis-je à
ces Meſſieurs, que depuis quarante ans, que Monſieur de Grimareſt a donné ſon Ouvrage,
l'Anonyme a pu découvrir de
nouveaux Mémoires. Cela n'eſt
pas impoſſible, me dit-on. Mais
il nous auroit apparemment fait
part de quelques nouveautés, à
moins qu'il ne les réſerve, pour
nous donner dans quinze jours
une nouvelle édition de ſa mai-
gre Brochure ; car ces Mémoires,
ſupoſé qu'il en ait, ne peuvent
avoir pour objet [de détruire
des fauſſetés qu'on ne prévoyoit
pas. Et puis y a-t-il à balancer
entre un Contemporain, qui a

toujours paſſé pour bon Ecri-
vain , qui s'eſt acquis une ré-
putation exempte d'atteinte à
tous égards ; & un Auteur , qui,
ſoixante & ſix ans après la mort
de Moliere, s'aviſe de tronquer
une bonne Hiſtoire, ſans y mettre du ſien , que des critiques
hors de place, ou des médiſan-
ces impardonnables ? D'un autre
côté quelle confiance donner à
un homme indécis entre le oui
& le non ? Selon l'Anonyme (page 31.) on refuſa d'enterrer Moliere ; & (page 3 2.) il fait un détail de ſon convoi & de ſon en-
terrement à peu-près conforme
à ce qu'en dit Monſieur de Grimareſt , ſinon que ce dernier eſt
plus circonſtancié.

Page 5 3. Le Roi n'a point four-
ni à Moliere le caractere du
Chaſſeur dans les Fâcheux ; &
(page 5 5.) cè fut à Saint Ger-
main que Sa Majeſté ordonna à

Moliere de joindre à fa Piéce la Scéne du Chaffeur. Quelle prudence ! N'eft-il pas vrai, continua-t-on en s'adreffant à moi, que fi ces obfervations ne vous avoient échapé, vous auriez fait un autre ufage de votre zéle ? Je vous avoue, Monfieur, que je me fentis un peu ébranlé ; mais non pas convaincu. Soit juftice, foit entêtement, je ne puis, dis-je à mes Critiques, abandonner mon Anonyme.

Vous aurez bien à travailler, m'a-t-on répondu, fi vous entreprenez de le juftifier ; car il ne penfe pas plus jufte, quand il accufe, que lorfqu'il décide. Pour chercher querelle à Monfieur de Grimareft, il qualifié d'efpece d'Epitaphe une Piéce de Vers du P. Bouhours, prétendant qu'elle devoit être à la fuite du détail de la mort de Moliere ; & il ajoute, avec affez peu de réflexion, que c'eſt la ſeule, dont il n'ait point été fait mention dans ſon Ouvrage. Après une pareille déciſion, on doit s'attendre à y trouver toutes les autres Piéces qui ont été faites à ce ſujet. Point du tout. Monſieur de Grimareſt n'en rapporte qu'une ſeule, qui eſt véritablement une Epitaphe, & qu'apparemment il a jugé devoir faire le plus d'honneur à Moliere, tant par la penſée, que par le rang & l'état de celui qui l'a compoſée ; elle eſt en latin. Depuis quand un Auteur eſt-il dans l'obligation de faire un recueil de tout ce qui a été fait à la louange de la Perſonne dont il écrit la Vie ? C'auroit été un ſecond Volume, qui, ſans doute, auroit mis votre Anonyme de mauvaiſe humeur. Une lecture ſuivie à la gloire de quelqu'un lui cauſeroit des vapeurs. De quelque mouvement qu'il foit agité, il n'en eft pas plus conféquent. La brouillerie de Moliere & de Racine l'étonne. Il n'avoit qu'à faire attention au procedé de Racine, il feroit revenu de fa furprife. La penfée la plus jufte qui foit dans fa Brochure, eft celle que lui fourniffent les Satyres fanglantes, que Moliere & Bourfault ont faites réciproquement l'un contre l'autre. *Il eft honteux* affurément *que les hommes de génie & de talent s'expofent, par ces petites guerres, à être la rifée des fots.* Mais ne fe met-il point au rang des premiers, ou fon affurance le met-elle à l'abri des ris ?

Enfin, Monfieur, on ne fit aucun quartier à mon pauvre Auteur. On lui fçut mauvais gré de n'avoir point fait mention du motif qui avoit fixé le goût de Moliere pour le Théatre ; d'a-

voir gardé le silence sur les rai-
sons , qui lui firent refuser la
place de Secretaire de Monsieur
le Prince de Conti.

On se plaignit , de ce qu'il
avoit si peu ménagé Corneille
sur ses premieres Piéces. Les
Chef-d'œuvres , que cet excellent Poëte a donnés depuis, de-
voient bien , dit-on , le mettre à
l'abri de la censure d'un Novice.

On demanda aussi , qui l'avoit
chargé d'installer le Cardinal de
Richelieu sur le Parnasse, pour
quelques vers de la Tragédie de
Mirame , qu'il lui attribue , &
que ce grand Ministre n'a-
vouroit peut-être pas ; & cha-
cun dit en particulier, qu'il ne
se trouveroit point du tout ho-
noré d'y être admis sous les aus-
pices d'un homme, qui n'a pas
assez de confiance dans les suffrages du Public , pour mettre
son nom à la tête de son ouvrage.

Cela fe termina par vouloir indifpofer toute la nation contre lui , à caufe de fa critique fur nos Sales de Spectacles.

Je vous avoue, Monfieur, que j'étois fi outré, de voir ainfi maltraiter mon Hiftorien , que je quittai brufquement tous ces impitoyables Cenfeurs , dans l'efpérance , que vous m'aideriez à les confondre. Peut-être y trouverez-vous de la difficulté. Mais plus les obftacles font réels, plus je ferai fenfible au plaifir que vous m'aurez fait, de foutenir un Auteur que j'affectionne fans le connoître , & que je ferois bien aife d'encourager par la défaite de fes adverfaires. Vous ne fçauriez me rendre un fervice, qui m'engage plus fortement à vous donner des preuves de la véritable confidération avec laquelle je fuis , &c.

P. S. Me voici plus embarraf-

fé que jamais. Je reçois dans le
moment une lettre, par laquelle
on me mande, que la nouvelle
Vie de Moliere eſt affichée ſous
le nom de Monſieur de Voltaire.
Je crois avoir Ville gagnée ; &
un moment après j'apprends
que les Libraires qui ont impri-
mé nouvellement les Oeuvres de
Moliere, n'ont pas voulu y joindre cette Vie de l'Auteur, dans
la crainte de déshonorer leur
Edition. Cela me paroît ſi con-
tradictoire , que je ne ſçais à
quoi m'en tenir. Eclairciſſez-
moi , s'il vous plaît.

www.ingramcontent.com/pod-product-compliance
Ingram Content Group UK Ltd.
Pitfield, Milton Keynes, MK11 3LW, UK
UKHW020006130726
13694UKWH00005B/2110